Désorientée

5-7, rue de l'École-Polytechnique ; 75005 Paris

L'HARMATTAN, ITALIA s.r.l.
Via Degli Artisti 15 ; 10124 Torino
L'HARMATTAN HONGRIE
Könyvesbolt ; Kossuth L. u. 14-16 ; 1053 Budapest
L'HARMATTAN BURKINA FASO
1200 logements villa 96 ; 12B2260 ; Ouagadougou 12
ESPACE L'HARMATTAN KINSHASA
Faculté des Sciences Sociales, Politiques et Administratives
BP243, KIN XI ; Université de Kinshasa – RDC

http://www.librairieharmattan.com
diffusion.harmattan@wanadoo.fr
harmattan1@wanadoo.fr
ISBN : 2-296-00883-6
EAN : 9782296008830

Françoise CLOAREC

Désorientée

Les routes incertaines

Préface de Gérard OBERLÉ

L'Harmattan

Du même auteur :

Bîmâristâns, lieux de folie et de sagesse (La folie et ses traitements dans les hôpitaux médiévaux au Moyen-Orient)
Paris, L'Harmattan, 1998.

Syrie, un voyage en soi
Paris, L'Harmattan, 2000.

Le Caravansérail
Paris, L'Harmattan, 2002.

Le Temps des Consuls (L'Echelle d'Alep sous les Ottomans)
Paris, L'Harmattan, 2003.

Remerciements

Je remercie chaleureusement Gérard Oberlé pour le soutien qu'il m'a témoigné.
Merci aussi à Myriam Antaki, Roberto Borghesi, Sophie Cluzan, Carlos Freire, Marianne Petit et Pierre Oudart.

Préface

Syrian Song

Les auteurs que les maniaques du classement rangent sous la spécieuse appellation d'« écrivains voyageurs », un label commode pour les critiques, les salons, festivals, colloques universitaires et bouffreries télévisées, se partagent grosso modo en deux espèces : les narcissiques qui vous expliquent que leur odyssée est initiatique. Ces handicapés du « gnôti se auton » ont besoin d'exotisme pour découvrir leur « vrai moi ». C'est chez les crotales, sous les palétuviers, sur la mer des Sargasses ou pendant une nuit de Walpurgis sur le Bockberg qu'ils découvrent enfin leur Vérité, une vérité qu'ils servent à la sauce m'as-tu-vu et que les gogos médiatiques achètent en confiance et fourguent au public avec la mention *Révélation*.

François Cloarec ne pratique pas ce type de randonnée. Elle appartiendrait plutôt à la deuxième espèce : ceux qui ne bourlinguent pas pour se trouver, car ils savent déjà à peu près qui ils sont, mais pour se perdre. Ils ne sont ni pèlerins ni touristes. Ce sont des fugueurs. Leur navigation est nocturne, sur des mers sans boussole où la raison est folie et la folie une forme de sagesse.

La narratrice de *Désorientée* s'est rendue à Alep comme par instinct, pour s'égarer. Étrangement, inéluctablement, cet obscur désir se réalisa, car elle y fut littéralement frappée de stupeur. Entendez ce mot non seulement dans le sens didactique d'émotion esthétique, mais aussi selon le langage des médecins de l'âme, comme une hébétude, une suspension apparente de toute activité psychique et physique. Son récit, qui tient du voyage imaginaire, est l'exploration mystérieuse, dans une atmosphère troublante et fantastique, d'une ville labyrinthe perçue comme une métaphore des sensations et des sentiments inexplicables, une sorte d'allégorie du chaos.

Certaines natures ne côtoient pas impunément la Beauté. La rencontre de celle-ci peut troubler la raison, du moins temporairement. La folle d'Alep connaît l'histoire du légendaire Quaïs, le « Fou de

Layla », Majnoûn Layla qui ne cesse de chanter son amour. Elle a visité le bîmâristân de l'émir Argoun où les fous étaient soignés par la musique de l'eau des fontaines. Elle voulait « suivre des traces, mais pas celles qui se voient… »

Qu'a-t-elle vu à Alep ? D'ailleurs, a-t-elle vu quelque chose à Alep ?

Si ce récit m'a captivé et hanté longtemps encore après sa lecture, c'est sans doute parce qu'il ne donne aucune explication. Les mystères demeurent intacts.

J'ajouterai qu'il y a une musique dans cette prose, une musique étrange, ponctuée de silences et d'appels du muezzin. Syrian Song…

Gérard Oberlé.

I

Dire tout ce qui me vient à l'esprit…

Mais ce sont des odeurs, des sons, des regards qui viennent.

Les mots sont impuissants à parler du silence.

Il faut que je trouve un premier mot à dire pour ne pas m'installer dans le mutisme, pour ne pas renoncer finalement à venir sur ce divan, pour vous parler, pour parler, deux fois par semaine.

J'ai quitté l'hôpital psychiatrique avec votre adresse. Le psychiatre du pavillon m'a proposé de rencontrer un psychanalyste, pour dissiper la brume, retrouver ce qui m'a amenée à être absente à moi-même, mettre des mots sur ce chaos intérieur, rassembler les morceaux épars qui m'encombrent.

II

Je ne me suis pas débattue en arrivant dans cet hôpital. J'étais hors de moi, épuisée, inconsciente de tout.

Les premiers jours, j'étais perdue, plus qu'une ombre. À la limite du vivant, sans jamais me lasser de souffrir. De ce moment, je me rappelle surtout l'odeur.

Des vagues de douleur remontaient. C'était un monde âpre, je voyais partout de la cruauté, chez les malades, les infirmiers, les médecins. La nuit le parc m'effrayait.

Saleté. Crasse.

Figée dans le couloir, j'étais incapable de parler. Je regardais les autres, j'avais peur d'eux, de moi.

Je détestais l'odeur, mais aussi le bruit. J'étais obsédée par la télé à fond toute la journée, les cris, les disputes, les hurlements des infirmiers, les sonneries, les clefs, les pas qui claquent et résonnent sur le carrelage.

Fenêtres sans poignées. Murs. Portes fermées.

Les malades apparaissaient comme des ombres. Ils étaient habillés de vêtements tristes. Ils restaient prostrés devant l'écran de télévision de la salle commune, à suer d'angoisse. Ils déliraient, se surveillaient, semblaient persécutés, par les autres ou par eux-mêmes.

Ils sont soumis aux médicaments, aux médecins.

Mais moi, je voulais entendre la plainte d'amour de Majnûn, le fou de Laylâ. Hélas, je n'entendais que les cris aigus du patient que l'on amenait et qui ne voulait pas rester.

Ma pensée était faite de phrases brumeuses, de mots brouillés, de vent. Comme j'ai voulu parler avec vous, on m'a laissée sortir.

Le psychiatre m'a éclairée sur la façon dont j'étais arrivée à l'hôpital, des balayeurs m'avaient trouvée huit jours auparavant, dans un couloir de Roissy.

Hébétée.

Désorientée.

III

Donner des mots à l'émotion. Ceux qui viennent, je m'en suis déjà servie.

Vous avez dit : *J'ai demandé à ne rien savoir de vous. Je ne veux entendre votre histoire que par vous. Ce que l'on sait de quelqu'un empêche de l'entendre, de le connaître.*

Je ne voudrais dire que les mots justes, ceux qui sont indispensables.

Seules des ébauches de mots apparaissent. Je viens avec un souvenir en moi, je ne sais pas de quoi il est fait. Je suis absente à ce que je vis.

Le silence de la dernière séance n'était qu'une absence au présent.

Je retrace parfois ici ce que je vous dis, et ce que je ne vous dis pas, au rythme d'autres mots, les mots de l'écriture.

C'est ainsi que la lumière de l'histoire a imposé son évidence quand j'allais oublier que l'histoire diffuse aussi des nuages de poussière
Qui brouillent la vision
Et l'écriture m'a rappelé à l'ordre :
Tu ne pénètres les choses
Qu'à travers une plongée au tréfonds de toi-même.
Adonis

IV

Dans le silence de la nuit, me sont revenus des mots dont je ne connais pas le sens, mais que je réinvente, que je vous livre.

Le premier mot qui apparaît est *statue*.

De la salle commune de l'hôpital, je voyais des arbres, un jardin avec une statue. Un jardin fermé de murs.

Du vent, de l'humide.

En dehors du pavillon d'hospitalisation, j'errais indéfiniment dans un espace que je voulais fuir. Le temps était immobile. Je marchais dans le parc, évitant et recherchant les statues. Elles m'attiraient, je les repoussais.

Des sculptures sont égarées dans l'enceinte de l'asile depuis longtemps, oubliées. Négligés aussi les noms de ceux qui les ont créées. Elles ont affronté la pluie, le vent, la chaleur, les guerres, l'érosion. Elles sont toujours là, usées, offertes au regard de ceux qui passent et veulent bien les voir, porteuses d'une mémoire qui se confond avec celle de l'hôpital et avec celle de l'histoire de la folie.

Offertes aux fantasmes comme aux graffitis, elles sont des traces intemporelles qui habitent les lieux.

Un infirmier m'a dit que Camille Claudel avait été enfermée ici les premiers mois de sa longue existence de femme internée. Il dit que l'on a retrouvé son dossier de malade, depuis peu. Des pages émouvantes, tirées de la poussière et de l'humidité des caves. Sauvées de l'oubli.

Camille Claudel, sculpteur, belle, intelligente, volontaire, talentueuse. Elle est extirpée de son atelier de l'île Saint-Louis par deux infirmiers qui, le 10 mars 1913, la traînent à l'hôpital psychiatrique. Son fantôme hante encore les allées du parc. Ce parc dont la beauté n'arrive pas à recouvrir la mémoire violente qui habite toujours les lieux. Combien d'hommes et de femmes ont erré dans les allées, le regard sur le vide, les mots paralysés, lourds de l'éternité des jours qui ne passent pas. Juste à ressasser une détresse, enfoncés dans une pensée, dévastés par une histoire.

V

J'ai rêvé cette nuit.

Du fond de ce rêve, une femme s'achemine, dans un lent mouvement vers moi. Elle soulève un tourbillon de cendres grises sous ses pas. Autour d'elle, la monotonie grave d'un désert pâle. Elle cherche sa respiration dans la poussière du temps. Dans la lumière et le silence, du haut d'un minaret, une voix psalmodie le nom de Dieu pour rappeler qu'il est l'heure de prier et d'aimer Allah.

Au réveil, je ne savais plus où j'étais, dans le rêve, à l'extérieur ou dans un monde inventé.

Le désert n'est pas un espace géographique, mais un lieu intérieur. Il accueille la fuite, accepte la singularité. Si je veux donner un visage à cette ombre, je pense à une jeune femme, Marie. Elle faisait partie du groupe de voyageurs avec lesquels j'étais partie vers ce pays du Moyen-Orient. Et d'où je suis revenue de la manière que nous savons…

Peut-être même pas revenue.

Je crois que la folie de Marie m'a rendue folle. J'ai été fascinée par la façon dont elle abordait le monde.

Elle était fermée aux autres, avait l'âme sombre. Elle ne parlait à personne, si ce n'est à moi, parfois.

Elle semblait toujours honteuse de quelque chose. Désertée, rien ne paraissait pouvoir combler l'attente en elle, le manque. Elle m'a dit n'aimer que ce qui lui manque. Je m'installais à côté d'elle dans le car, lorsque j'avais des accès de mélancolie, pour me prouver que je n'allais pas si mal. Jour après jour, elle avait laissé le désespoir s'installer dans son être. Toujours un peu absente à ce qu'elle vivait, elle laissait le paysage défiler. Sa part de souffrance enfouie restait incommunicable, comme quelque chose à préserver. Pourtant, je suis sûre de porter aujourd'hui un petit fragment de sa solitude. Je suis sûre d'avoir été fascinée par le monde où elle s'abritait et que j'entrevoyais confusément. Je me suis laissée pénétrer, saisir par sa singularité extrême.

Elle était partie sans se documenter, sans consulter de guides, elle voulait juste voir des choses différentes.

Comme moi.

Elle se sentait trop déprimée pour juger elle-même des émotions qu'elle souhaitait ressentir. Quelquefois, elle avait la perception éphémère d'avoir accès à sa propre étrangeté. Ses mouvements étaient lents, ses yeux cernés d'ombre. Elle avait peur, je le sentais, de ce que les autres pensaient d'elle. Elle avait l'impression de gêner en permanence, n'arrivant pas à croire qu'on puisse l'aimer. Elle avait toujours été triste. À chaque fois, me disait-elle, qu'elle avait risqué de s'adapter, elle avait eu le sentiment de se perdre. Souvent, elle avait envie de pleurer, elle ne savait plus pourquoi. Elle disait avec un pâle sourire : je suis trop sensible.

Un jour, elle m'a demandé s'il pouvait arriver que l'amour ne fasse pas mal.

VI

Je poursuis avec vous ce voyage, dans le chaos de la mémoire, sans chronologie précise.

Pendant cette parenthèse que fut la vie de groupe en voyage, des personnages se sont introduits dans ma vie. Je n'en connaissais aucun, pourtant ils faisaient écho à d'autres, plus familiers, si j'en crois l'effet qu'ils semblent avoir produit sur moi. Mais je ne le voyais pas bien.

À l'aller, l'aéroport de Roissy était noir de monde. Je ne m'étais décidée à partir que quelques jours plus tôt. C'était un voyage sans raison précise. Pas pour faire du commerce, pas pour l'exil, pas pour le pèlerinage, un voyage pour rien.

Je voulais voyager pour devenir une étrangère.

Par curiosité de l'autre aussi peut-être.

Je n'avais pas pu partir seule, trop tard pour tout organiser, trop angoissant. Pour la première fois, j'avais choisi de partir *en groupe*. J'avais consulté attentivement les brochures des voyagistes. J'avais vu les plus beaux et les plus lointains endroits de la terre se réduire à des fragments de visions artificielles. Les photos trop colorées exaltaient les jouissances factices d'itinéraires lointains. Plages trop blondes, soleil, ciel trop bleu, cocotiers mollement inclinés, surfeurs bronzés et musclés, souriants, mer turquoise, couleurs vulgaires.

J'avais choisi la Syrie, par hasard.

Ah, vous n'aimez pas le hasard.

J'avais choisi la Syrie pour faire du tourisme culturel, à cause de noms qui évoquaient vaguement des souvenirs de cours d'histoire et de géographie. Régulièrement, j'allais errer dans les salles des antiquités orientales du musée du Louvre.

J'étais lassée de vivre dans un état intérieur, de vivre dans la marge, de vivre en dehors de la vie de tout le monde. J'avais envie d'élargir mon regard vers un paysage nouveau. Je voulais m'abstraire de mes passions épuisantes, m'oublier en regardant autour…

Un matin à l'aube, je m'étais retrouvée seule dans l'aéroport, absente, parmi une foule intense. En écho de la solitude, résonnait un amour lointain, une souffrance refoulée, un manque de toujours.

Files de gens énervés, impatients, chariots, bagages, attente, attente tendue. Comptoirs d'enregistrement, étroites files qui mènent au contrôle des passeports, des visas. Caméscopes.

Des rangées de touristes déjà fatigués rêvaient de lagons tropicaux sur fond de soleil couchant.

Dans la salle d'embarquement bondée, je regardais les étiquettes des tours opérators attachées aux valises des voyageurs. J'espérais ne pas retrouver ces gens dans mon groupe. Les douaniers mettaient un grand zèle à retourner les bagages, bien sûr, le Moyen-Orient…

Les passagers semblaient vaguement inquiets.

Dans l'avion, le monde ne se résumait plus qu'à une cabine, à une place, à l'hôtesse, à un hublot. Plus rien n'avait d'importance, si ce n'est de sortir des zones de turbulences, guetter dans le regard des autres si tout allait bien. Les voyageurs limitaient, rétrécissaient leur espace de vie à l'indispensable.

Le voyage a duré toute la journée, des escales imprévues, du retard. Je ne savais plus si j'avais envie d'arriver.

Nous nous sommes retrouvés alignés dans une salle étouffante et bruyante à l'aéroport de Damas. Les douaniers ont examiné le passeport, le visa, les autres visas.

Impression d'être prise en faute.

Puis, il a fallu se traîner vers un car climatisé. Le groupe auquel j'appartenais désormais donnait des signes de fatigue. Tout le monde s'est présenté, une quinzaine de touristes venant de diverses provinces françaises. L'échange fut d'une grande banalité. Certains se reconnaissaient, grâce aux questions qui identifiaient tout de suite : d'où êtes-vous ? Et vous ? Vous avez fait quels pays ?

Damas n'était pour eux qu'un mot, pas même associé au parfum de la rose ou au goût de l'abricot.

Saint Paul et son chemin, une idée de terrorisme, la grande mosquée, avaient retenu leur attention. Sans parler des sentiments sournoisement teintés de colonialisme.

Finalement, ils n'ont trouvé que ce qu'ils cherchaient : le même hôtel que celui qu'ils avaient fréquenté lors du voyage précédent, des chambres avec la climatisation à fond, télé, CNN, salle de bains, bain moussant synthétique, cuisine internationale, soirées folkloriques.

Je savais sans doute que je n'allais pas rester.

VII

Partir, déjà, avait été une transgression. Passer des frontières, une rupture avec mon milieu d'origine, pour en sortir. Ce passage était porteur de culpabilité.

Il me fallait tisser des liens avec les membres de ce groupe provisoire.

Je prenais conscience de ma solitude, mais aussi de celle des autres.

Les gens parlaient la même langue que la mienne, pourtant je me sentais étrangère, bien plus qu'avec les Syriens. C'était douloureux d'éprouver cette limite à dire, à entendre. Je n'arrivais pas à établir une relation, à abolir la différence que je percevais. Si j'avais pu le faire, je serais sans doute restée avec eux, et je serais sans doute rentrée en France avec eux. Avec juste un peu de colère.

Mais, ce groupe a réactivé des interrogations confuses, chaque personnalité qui le composait augmentait mon angoisse.

Je sens bien la nécessité d'éclaircir les sentiments nés là, de cette union précaire d'individus. Je voudrais comprendre de quoi était fait le pâle intérêt que chacun portait à l'autre.

Quand vous n'êtes pas là, je vous parle.

VIII

Je piste avec vous quelque chose que je ne sais pas et qui est là.

À un moment, je ne sais plus quand, j'ai pensé qu'il fallait que je me mette à l'abri de la sensation d'étrangeté, de dépaysement. J'ai alors tenté, avec acharnement, de m'intégrer au groupe. Un groupe, c'est comme un corps avec des membres. S'assembler, c'est rassurant. J'imaginais que c'était un peu comme au temps des caravanes, être ensemble, former une société temporaire, faire association. Je m'obligeais à sourire, à parler, à aller vers eux.

Un couple dînait souvent à côté de moi, d'anciens commerçants retraités. Lui, un peu morne, elle, un peu hystérique, avec des prétentions de sérieux et de culture. Leur guide Bleu avait balisé tout le voyage, ils pouvaient aller partout, préservés des autres différents, à l'abri de ce qui dérange. Pour eux, dans *voyage organisé*, c'était le mot *organisé* le plus important. Tous les matins, ils montaient dans le car, disaient les mêmes choses en même temps, sur la météo ou la cuisine de la veille.

Dans le groupe, sans répit, chacun tentait d'affirmer ce qu'il était, ou croyait être.

À chaque paysage rencontré et commenté, je me demandais ce que les autres pouvaient bien voir qui leur rappelait toujours autre chose. Il leur fallait faire ressembler le plus lointain, le plus étranger à quelque chose de connu. Ils photographiaient pour ne rien voir. Une photo ne montre pas ce que l'on a vu. Ils s'acharnaient à s'approprier des morceaux d'ailleurs, pour prouver qu'ils y étaient. Qu'ont-ils fait de l'odeur de soleil sur la terre ocre, du vent dans les oliviers, de la voix du muezzin, des parfums sucrés d'Orient ?

Nous sautions de site en site. Ils étaient avalés dans un débordement d'informations. Ces moments se superposent encore aujourd'hui. Mais, cela faisait partie du parcours du touriste docile, ils étaient tous bien inscrits au programme. Il ne fallait pas traîner, car d'autres étapes les attendaient.

Marathon exténuant et superficiel.

Nous regardions défiler l'histoire de l'humanité, dans un tourisme aseptisé. Nous admirions le pays à travers les vitres du car, dans un itinéraire subi. Nous passions devant des villages, des gens, sans les voir. Nous avons dépassé des villages de terre et de poussière sous un ciel trop vaste sans jamais nous arrêter.

J'étais fatiguée de l'émerveillement factice de gens parlant trop fort, habillés de couleurs trop violentes.

Quelques instants seulement pour s'imprégner des traces archaïques de l'histoire des hommes et des pierres. Le regard traversait les paysages dans un aperçu conventionnel du pays. Pas de chemins de traverse, pas de détours, pas d'écarts. Tout le monde s'accrochait à son guide, à son appareil photo. Ne rien voir, ne rien penser tout seul, de peur qu'une rencontre ne fasse tout basculer. Lire son guide pour ne pas regarder. J'ai payé cher, très cher le fait de ne pas fonctionner comme eux...

Je voulais suivre des traces, mais pas celles qui se voient.

Dans les villes en ruine que nous visitions, j'imaginais à peine les tempêtes qui les avaient dévastées. Les murs ne défendaient plus que du vide, il n'y avait plus que du silence, même le ciel était vide. Les villes réveillaient des souvenirs, je ne sais pas si je peux le dire comme cela, mais des souvenirs inconscients. Elles parlaient d'un temps sans objet conscient, dans un entrelacs de présence et d'absence, de proche et de lointain. Elles portaient à la lumière quelque chose d'archaïque. J'y voyais le vertige de ma propre disparition. Je sentais qu'interroger ces lieux était s'ouvrir à une autre connaissance de soi.

Ces villes désertées, éteintes, usées, purifiées par le temps, voyaient défiler maintenant des touristes en rangs serrés. Des gens qui repartiront chez eux avec seulement l'illusion d'un pays.

Tant d'années, tant d'étés trop chauds, d'hivers glacés, pour voir les vacanciers du groupe exposer au soleil leurs bras et leurs jambes blanches. Le reste du corps était couvert de couleurs diverses, agressives, casquettes, lunettes noires. Les Syriens les considéraient étrangement ou détournaient leurs regards.

À chaque étape, notre chauffeur attendait en parlant patiemment avec d'autres chauffeurs, indifférent aux émotions du groupe. Plus rien ne l'étonnait, ni les sites archéologiques ni les touristes. Il n'en était pas à son premier voyage et semblait blasé.

Au bout de trois jours, tout le monde était épuisé, malade, l'exotisme des menus était venu à bout des intestins.

Je noircissais ces gens à l'extrême, je les caricaturais pour être sûre de ne pas leur ressembler.

Au fil du trajet, le ton changeait, des sous-groupes se formaient, en fonction des impressions, des émotions. Des mouvements de haine succédaient à des impulsions de séduction. Quelquefois même, la fatigue aidant, le groupe menaçait de se disloquer.

Il fallait tout de même se faire à l'idée que nous n'étions ni des héros, ni des aventuriers, ni des voyageurs, juste des touristes.

Je ne sais plus combien de jours j'ai tenu.

IX

Envie de rien.

Ne rien dire.

La nuit n'a rien eu d'apaisant, je l'ai traversée comme si je perdais quelque chose, je n'avais plus de mémoire. Même si je remonte le plus loin possible, je ne vois que du vide.

Du brouillard dans le corps et dans la tête, pas d'énergie. Rester à suer sur ce divan, à attendre la fin de la séance. L'angoisse juste là, prête à envahir.

Un mot : *musée.* C'est un mot par défaut, je n'en trouve pas un autre.

J'entends votre silence.

X

Il faudrait remonter aux sources lointaines, archaïques grâce aux mots. Ou au silence.

Dire et redire, ce n'est encore pas comprendre. Les mots restent transparents.

En Syrie, je voyais bien que j'étais au point de rencontre entre présent et passé. Un passé fait de regrets, d'espoirs, de fantômes, d'ombres, de mots, d'illusions, de croyances.

Une femme du groupe, Madame N. m'a fait peur. Une peur étrange. Elle était la caricature de la femme que je voulais fuir. Sans doute direz-vous qu'elle me concernait puisqu'elle me faisait tant d'effet. Sans doute cette femme en cache -t-elle une autre.

Un fin collier de perles, des ongles longs, laqués de rouge grenat, une permanente serrée, deux petites perles aux oreilles, renfrognée. Ses lèvres étaient minces, juste un trait tombant. Le visage massif et carré. Son maquillage coulait toujours un peu. Les yeux globuleux, verts, elle paraissait inlassablement de mauvaise humeur, méprisante envers tout.

Je ne sais même pas la couleur de vos yeux.

Elle semblait n'aimer qu'une seule personne, sa fille. Elle m'investissait peut-être de cette place filiale.

Je ne voulais pas.

Elle me racontait les symptômes qui l'occupaient. Ils avaient fini par lui donner une identité, une raison de vivre.

En se montrant odieuse, elle creusait sa souffrance. Elle se coupait du monde, se fabriquant un état d'indifférence. Certains tentaient des pas vers elle, mais elle les refusait au nom d'une conception forgée depuis longtemps. Elle ne se rappelait même plus pourquoi ses logiques internes avec le temps étaient devenues abstraites. En général, elle avait réponse à tout, n'hésitant pas à nier la réalité, à l'adapter éventuellement pour qu'elle corresponde à ce qu'elle souhaitait. Depuis des années, elle tendait vers le détachement. Impassible devant la passion, les sentiments, les émotions, détachée de l'angoisse. Ce qui pourrait l'affecter, m'avait-elle expliqué, elle ne le voyait pas. Elle évitait la rencontre avec l'autre, se dérobait, s'éprouvait dans la solitude. Je ne savais que faire de tout cela et ce qui me laissait souvent perplexe, c'est qu'elle disait avec des mots simples ce que je pensais quelquefois de manière compliquée. Pourtant, je la voyais toujours à la recherche d'un morceau d'elle-même, d'un regard, d'une parole venue de l'extérieur.

XI

La ville était apparue brusquement.

En arrivant à Alep, je regardais le chaos des maisons se dessiner dans la poussière.

Je ne pouvais plus écouter la longue litanie de Madame N., je ne voulais plus être témoin du désespoir de Marie.

C'était le soir, la lumière s'attardait sur la citadelle encore lointaine. Le nez collé à la vitre poisseuse du car, je n'en finissais pas de m'imprégner de la vue de la forteresse. Elle devenait de plus en plus présente, ronde, bouleversante, somptueuse et austère, enveloppée d'un halo de poussière grise. L'air tremblait dans la chaleur. Autour de nous, embouteillages, avertisseurs pressés, agacés, nerveux.

La sensation que j'ai eue en arrivant dans la ville était le contraire du sentiment d'énervement que je ressentais envers Madame N.

Le guide avait précisé qu'Alep fut une étape pour Abraham alors qu'il s'éloignait d'Ur. La tradition veut que les meilleurs hommes de la terre habitent les étapes d'Abraham.

Dans le mot arabe *Alep*, il y a lait. Il y a du maternel, j'y voyais du sensuel.

Nous sommes arrivés à l'hôtel Amir, en plein centre-ville.

Tout le monde était content de trouver sa chambre, ses valises, témoignages de l'appartenance à un autre monde, plus familier.

Ma chambre donnait sur la citadelle.

Le soir, les membres du groupe étaient contrariés. Les plaintes variaient, ils étaient fatigués, manquaient de sommeil, avaient trop chaud, ne digéraient pas la cuisine locale. Ils échangeaient des pilules contre la diarrhée, des crèmes solaires écran total, des guides. Tout avait changé autour d'eux, mais pas eux.

Après le dîner, Madame N. était venue me parler… d'elle. Elle n'arrivait jamais à sortir de sa propre histoire. Cette plainte derrière laquelle elle se cachait la protégeait comme un écran. Elle geignait pour se défendre d'aller bien, pour se défendre du plaisir. Avec le temps, l'objet de son malheur, était devenu obscur, mais elle le préservait comme un trésor, vérifiant à chaque instant sa présence. Elle avait organisé son monde autour d'une lamentation, une lamentation qui j'en suis sûre outrepassait sa peine. Il ne semblait plus y avoir quoi que ce soit de commun entre ce qu'elle avait vécu, la douleur qu'elle avait ressentie et les mots qu'elle utilisait pour en parler. Cette douleur, elle ne voulait pas y toucher, elle préférait la garder intacte, ne pas l'affronter. Être heureuse lui paraissait trop fatigant.

Elle m'avait longuement expliqué sa rudesse par la perte de ses rêves. Sa sensibilité s'était abritée sous une carapace rigide. Elle s'était réfugiée en elle-même. Un flot de paroles qui m'avait épuisée, déprimée. Je porte encore la plainte de cette femme en moi, je me suis laissée traverser par un malheur qui me restait incompréhensible.

La soirée avait avancé sans qu'elle entende l'appel à la prière, sans qu'elle évoque les sites que nous avions traversés, sans qu'elle se soit jamais écartée de sa propre histoire.

Elle n'avait rien vu, rien entendu, rien éprouvé.

XII

J'ai pris ma décision le lendemain matin.

En une seconde.

Ma valise était prête, j'étais prête, tout le monde commençait à monter dans le car. Tout le monde m'attendait.

J'étais à Alep, à l'Amir Palace.

Que serais-je allée faire ailleurs ?

Ils sont partis, sans moi.

XIII

Libérée de l'itinéraire convenu de l'agence touristique, je me suis retrouvée seule face à la révélation perturbante de la beauté d'Alep. J'étais menacée d'angoisse, mais aussi de plaisir intense.

En l'absence du moindre souffle d'air, écrasée de chaleur, l'angoisse était proche de remplacer le plaisir esthétique.

Je tente ici de ramasser les mots, des mots en poussière, des mots vieillis d'un savoir ancien déposé. Comme la poussière du temps, comme celle d'Alep. Poussière qui vole, errante, fluctuante, liée au soupir du vent. De quel effritement est-elle porteuse ? Particules suspendues dans l'air, poussière du désert, des pierres.

Le temps n'a de sens ni en Syrie ni sur ce divan. Ces séances sont un lent voyage dans le labyrinthe de la mémoire. Une mémoire faite d'ailleurs, de mots d'avant la parole. Mes souvenirs sont faits de poussière. C'est un pays qui ressemble à l'inconscient. Le parcours, le voyage à accomplir pour en avoir une idée ressemble à la psychanalyse. Les vérités se construisent petit à petit, à travers des signes qu'il faut décrypter. Il faut s'y engager, pas seulement passer.

Je garde le souvenir de mes parcours dans le méandre des ruelles. Des réminiscences affluaient, nourries de l'étrangeté de la ville. Ce que je voyais que je n'avais jamais vu, je l'avais déjà en moi.

Avec vous, je m'invente pour m'échapper, mais je sais que je voudrais ne rien savoir. Ne plus rien savoir.

Quelle forme donner à l'émotion ? Je ne vous en apporte que des traces.

XIV

Je ne veux pas le dire.
Je ne sais pas le dire.
Ce qui est censuré, réservé, écarté, réprouvé, détourné en angoisse.

XV

Aujourd'hui, le temps ne coule plus. Le temps n'a plus de temps, plus de repère.

Plus rien ne bouge dans ma tête. Quelque chose manque, toujours manquera.

Je n'entends même plus les battements de la ville d'Alep.

XVI

Vous avez dit : *L'inconscient n'ignore pas le temps, il est tous les temps à la fois.*

En Syrie, le temps n'était plus réel. L'air était imprégné de quelque chose d'étrange. La plénitude était singulière, je voulais retenir l'infini.

Ma relation au monde se transformait, je rencontrais partout la preuve muette de l'histoire, de la densité de l'histoire. La mémoire était inscrite au cœur des pierres. Tout renvoyait à l'écoulement du temps.

J'avais l'impression que la ville me concernait personnellement, qu'Alep se répandait en moi, que j'en faisais partie. Dans les rues, des vagues de vie réveillaient mon corps, je m'étourdissais.

La ville exultait, mais ne se livrait pas d'emblée. Je m'y perdais. Alep dans certains de ses quartiers restait étrangère.

De temps en temps, j'expédiais une carte postale exaltée pour ne pas rompre le lien avec les autres, ceux d'avant. Je savais que je n'étais pas chez moi, mais l'Orient me ravissait lentement, me possédait, me pénétrait.

XVII

Je m'asseyais sur le rebord d'un bassin, sous des plantes vertes, face au tourniquet de l'entrée de l'hôtel. J'ignorais les poissons jaunes du bassin, ils tournaient inlassablement dans une eau éclairée de lumière crue. Je notais des mots, les protégeais, les mettais à l'abri dans un petit carnet. J'essayais de les traduire en arabe, d'apprendre l'alphabet, j'avais l'impression de dessiner.

Je savais surtout dire des formules de politesse dont je répétais les phrases comme des poèmes. Je louais Dieu, moi qui n'avais même jamais pensé qu'il pouvait en exister un. Avant la Syrie, l'idée même d'un dieu m'était tout à fait indifférente.

Je restais dans le hall de l'hôtel, entre le comptoir de réception et les ascenseurs. La porte tournait sans trêve et la chaleur et le bruit de la ville entraient par vagues, s'engouffrant par le tambour. Il faisait un peu trop chaud dehors, un peu trop froid dedans. Par moment le hall était rempli de monde, de brouhaha, de gens venant de partout, parlant fort. Les clients traversaient le hall, prenaient leur clef, allaient vers les ascenseurs ou s'attardaient pour discuter, acheter une carte postale. Ils passaient, parlaient, riaient, suivaient leurs bagages portés par des grooms empressés. Ils étaient en route pour un ailleurs dont je ne savais rien. Ils venaient de lointains différents, j'aimais cette diversité. Des chariots de valises et de sacs de toutes les couleurs ensoleillaient le lieu.

À d'autres moments, assez rares, tout était calme et désert. Mouna, la standardiste, rêvassait derrière le comptoir.

Au bout du hall dans le café, les garçons en veste blanche, allaient et venaient, semblaient s'ennuyer un peu. D'autres, habillés d'un costume noir, serré à la taille d'une ceinture bariolée, passaient avec des narghilés.

Des touristes déambulaient ventre en avant, sac au dos.

J'étudiais avec application les rouages de l'hôtel. Je me demande encore pourquoi.

XVIII

L’ailleurs recommence ici, sur votre divan, deux fois par semaine.

De phrase en phrase, je retrouve le fil de ce voyage. Des morceaux de réalités resurgissent.

Je redoute ce qui reste à dire.

Le temps de l’analyse est le même que celui de la Syrie.

À quel temps conjuguer les verbes ? Je ne sais si je dois parler au présent ou à l’imparfait.

Imparfait.

Et si cette quête de sens ne finissait jamais ?

L'analyse ressemble à un voyage, elle est comme une caravane en marche, qui traverse des déserts, atteint des oasis, repart, fait des haltes. Les caravansérails tout au long du chemin poussiéreux recueillent les pensées, permettent de souffler, de reprendre des forces. Comme ce divan dont les séances jalonnent la route du sujet vers lui-même.

XIX

Je ne quittais l'hôtel que pour le souk. La transition était rapide, ponctuée par les klaxons, les transistors nasillards, les odeurs de poussière, de gasoil. Je traversais les rues en me faisant des frayeurs plus fortes que celle de me savoir seule dans un pays étranger.

C'était comme si j'étais habitée par un rêve, je naviguais entre la réalité et l'imaginaire. Je n'étais plus là, mais au-delà.

J'ai envie de retrouver la tiédeur du souk, de me laisser caresser par les coulées de lumière dorée. Lumière dessinée par la poussière, enveloppante. L'ombre mettait la clarté en valeur. Je voudrais être encore dans les odeurs de savons à l'huile d'olive et au laurier, dans celles de la cardamome et du café. L'odeur me poursuit encore, impalpable, indicible. Je me prenais pour Thésée dans le labyrinthe de Crête, obligé de tuer le monstre pour sauver sa vie et sortir de passages compliqués. Le monstre sans doute est au fond des entrelacs de ma mémoire. Je ne sais plus trouver sa trace. Le chemin est complexe, fait de culs-de-sac, de fausses pistes, le cœur de tout cela est jalousement protégé. Je m'éloigne et m'approche de quelque chose à découvrir.

Dans le clair-obscur du souk toute une foule s'affairait dans cette étrange lumière. Les gens se croisaient, arrivaient de partout, communiquaient entre eux. Ils parlaient, criaient, riaient, s'interpellaient, se bousculaient. J'étais ballottée par le flux des chalands. Si je ne me sentais pas seule, ce n'était pas parce qu'il y avait beaucoup de monde, mais parce que j'étais dans la vie. Comme dans l'idée que je me fais de l'inconscient, dans le souk tout se mélange, se conjugue, cohabite. Le rassurant, c'est que ce désordre, les objets, les gens, les bruits, ne sont qu'apparence, tout en réalité est fort organisé.

Des femmes vêtues de noir me poussaient. Même leurs yeux semblaient à l'abri du monde.

L'afflux des sensations résonnait là où je me sens fragile, là où tout s'embrouille, où je n'ai pas de mots. Où est passé le luxe évanoui du souk ? Je voudrais m'habiller de tissus précieux, brillants, de brocarts de soie, d'étoffes brodées de morceaux de miroirs ou de coquillages. J'avais perdu mes repères habituels et ne me laissais plus guider que par mes sens. C'est par eux que j'avais accès aux choses. Les sensations oubliées depuis si longtemps prenaient toute la place, celles qui n'ont plus rien à voir qu'avec du sensoriel, celles d'un temps où tous les sens servaient. Les rais de lumière découpaient la vision, les odeurs puissantes enivraient, les sons, les rumeurs emplissaient les oreilles.

Ces moments passés au souk étaient légers et denses, portés par une insouciance et une intensité différentes de tout autre expérience. J'éprouvais des sentiments confus venus de l'enfance. Parfois réapparaissait une pensée oubliée. Elle s'évanouissait, redevenait abstraite, floue.

Où trouver dans le monde un endroit où une légère cordelette suffit à fermer et à interdire l'entrée d'une boutique ?

J'aimais aussi le vendredi quand le souk était désert et les rideaux de fer baissés. On entendait mieux les muezzins des mosquées psalmodier le nom d'Allah. Le vendredi, on découvre ce qui est caché les autres jours par la foule, les marchandises, le remue-ménage. On découvre les pierres, les bas-reliefs en bois sculptés, l'usure, les traces du passage des véhicules, les portes cloutées des khans, les crochets à viande, les ruelles débarrassées de leurs objets, le pavé défoncé, les ornières, les fils électriques qui pendent. Le premier vendredi, dans la pénombre, j'avais cédé à une panique dérisoire en entendant des pas rapides derrière moi. Puis, tout était redevenu calme, étrange, étranger. C'est curieux de sentir qu'un lieu peut exercer un tel pouvoir sur quelqu'un, même s'il n'est que de passage.

Il y aurait encore beaucoup à dire, mais je n'ai pas assez de mots pour le dire.

Le souk ressemble à un orchestre qui se prépare la nuit durant
À jouer toute la journée du lendemain.
Le jour se lève et ondule entre les mains du temps comme la tige d'une rose sur laquelle grimpe la lumière de l'histoire.
Dans chaque souk, l'ombre et la lumière ne cessent de se quereller, chacune voulant en être le gardien principal.

C'est ainsi que va la vie du souk,
Entre une nuit qui se couvre des tresses du rêve
Et un jour qui se lève vêtu des habits du labeur.
La soie parcourt les souks entre les flancs des passants.

Souks-navires qui voguent sur l'océan des jours.
Adonis

XX

Votre silence, vos non-réponses résonnent vers l'absence. Allongée sur ce divan, sans regard à voir, des éclats de mémoires tentent de se dire. Ils utilisent une langue depuis longtemps oubliée.

Aucune phrase n'arrive encore à exprimer ce qui s'est passé. J'ai l'impression de me perdre dans les détails au lieu d'avoir une vision d'ensemble.

J'ai besoin d'une lumière qui éclairerait les souvenirs inhibés, comme la coulée de lumière qui descendait du plafond du souk faisait exister la poussière. Elle prenait forme, particules flottantes, restes, mais mémoire de quoi ?

XXI

Alep devient plus lointaine, elle se fait souvenir. La distance va probablement me permettre de vous en parler différemment.

De l'hôtel, la vue de ma chambre embrassait presque toute la ville. La laideur fait peur, mais la beauté aussi. Je restais figée, les yeux rivés à la citadelle. Je ne me lassais pas du panorama et je passais des heures de pure mélancolie, à juste regarder. Il me fallait traverser ce vide intérieur pour accéder à autre chose. Quelquefois, je vivais un moment de bonheur, pour rien.

Je garde au fond des yeux le grain de la ville, les silhouettes des minarets et des dômes sur le ciel, la couleur des pierres pâlies par le soleil et les années. Ocre, grises, blanches ou dorées selon l'heure. La ville prenait des nuances graves et belles, quelquefois la lumière paraissait rose. L'après-midi, les minarets viraient à l'or. J'étais saisie par un sentiment d'éternel, de beauté intense. Toute la ville, usée par le temps, sous un seul regard, dans sa blancheur poussiéreuse du matin a laissé une empreinte qui ne s'est pas effacée, qui s'est propagée.

Alep me donne envie de pleurer.

Je vous décris une image isolée. La scène était infiniment plus vaste, plus présente. La confrontation avec un pays porteur d'éternité est impossible à dire. L'émotion déborde du cadre habituel de la jouissance esthétique.

Autres paysages, autre lumière, autre langue, autre écriture, autres modes de vie. Je m'inventais différente. Voyager, c'était devenir étrangère. Ce voyage-là était extérieur et intérieur. Je découvrais des paysages nouveaux, des hommes différents, mais je ne savais qu'en faire. Ce pays sollicitait quelque chose de nouveau, mais de déjà là. Quelque chose me revenait de l'extérieur que je n'arrivais pas à nommer. Quelque chose me faisait signe, du plus lointain, dans le plus intime.

La Syrie devenait un champ d'initiation aux émotions, le regard s'épurait, enfin délivré de lui-même. Plus de limite à l'œil, il touchait à la question de l'amour, je ne sais pas comment, mais je le sens. Je suis vraiment allée *voir* ailleurs, jusqu'à l'épuisement.

Le silence en dirait sans doute plus sur le regard.
Mais, je sais que vous entendez ce que je ne dis pas.

XXII

J'aimais le quartier de ‘Aqabat qui se déploie tout de suite après la porte d'Antioche. Il semble flotter au-dessus des souks. J'y nourrissais mon imaginaire d'odeurs, d'images et d'impressions inédites. Je parcourais les rues étroites et mal pavées sans cesse à la recherche du fonctionnement du psychisme humain. J'écrivais dans ma tête des textes sur le désir, l'architecture, la lumière, l'archéologie.

Parfois, au détour d'une ruelle, du jasmin couvrait les murs gris d'étoiles décolorées. L'odeur tendre des fleurs me guidait.

XXIII

À quelle question répond Alep ?

Dans le rêve de cette nuit, je déchiffrais clairement un texte cunéiforme inscrit sur un bout de terre séché. C'était une promesse de résurrection.

Il a fallu des siècles pour pénétrer cette écriture muette, ces fragments de vie chargés de sens. Des siècles à ne rien savoir des tablettes couvertes de signes singuliers en forme de clous. Juste des traits variant en fonction de l'impulsion plus ou moins marquée du calame dans l'argile fraîche. Une petite tablette, pas plus grosse qu'un doigt, a été retrouvée dans la terre d'Ugarit, près de la mer. Elle porte trente signes, trente signes à l'origine de tous les alphabets, trente signes pour tout dire. Comme ce morceau d'argile, portons-nous enfoui au plus profond un héritage ancien et inconscient ? Des restes effacés, un ailleurs, un autrefois, qui alimentent la mélancolie ?

Combien de séances ici encore pour déchiffrer l'indicible ?

XXIV

Des souvenirs émergent. Je n'arrive pas à dépasser la nostalgie. Parfois la lumière d'Alep resurgit, elle éclaire différemment les souvenirs mis dans l'ombre. Je suis restée entre deux mondes.

À Alep, le présent cohabite avec les vestiges du temps. La ville est construite sur de multiples passés. Elle est hors de l'histoire tant les empreintes se conjuguent subtilement.

Pour tester mon arabe, je prenais des taxis jaunes, déglingués. L'arrivée à destination était souvent incertaine. Ils se faufilaient dans la cohue des voitures de tous âges. À l'arrière, dans le courant d'air chaud des quatre fenêtres baissées, j'avalais des bouffées de vapeur d'essence et de poussière. Musique criarde ou versets du Coran, fumée de cigarette du chauffeur, odeurs de gas-oil, embouteillages, klaxons, cris. Voir la ville blanche défiler, lever les yeux vers les minarets. Et cette question un peu angoissante : a-t-il bien compris où je voudrais aller ?

Un soir, j'ai été invitée chez un résident français. Une soirée avec des gens, des enfants, des chats, de la musique.

Lui ne disait rien, il était posé, enfoncé dans un fauteuil, immobile, présent. Son regard seul me séduisit. Gris.

Il répondait aux questions sans s'attarder. Curieux des autres, il ne parlait jamais de lui. D'une voix calme et grave, il ne parlait que pour dire quelque chose. De l'extérieur, nous parvenaient clairement les bruits de la ville arabe. Nous étions réunis chez lui, pour lui, mais c'était comme s'il ne le savait pas.

Il gardait à chaque fois quelques secondes de plus qu'il aurait été raisonnable les yeux rivés dans les miens.

Sinon, rien, juste le poids étrange d'un regard.

Dans le creux de ses yeux, une brûlure, un signal a déclenché un trouble qui ne s'est pas dissipé.

Peut-on se mettre à aimer quelqu'un comme ça, sans le connaître, sans savoir pourquoi, parce que l'on retrouve en lui quelque chose qui était dans un objet aimé auparavant ? Un amour peut-il surgir de nulle part ?

Je savais qu'il fallait du temps pour aimer. Je savais qu'il n'avait pas fait naître mon désir, que celui-ci était là avant lui.

Mais, il l'avait réveillé.

Depuis mon arrivée dans ce pays, je voyageais avec l'ombre d'un homme que j'avais aimé, qui m'avait aimée. Un amour beau et douloureux, impossible et déchirant.

Un sculpteur, un regardeur.

Souvent réapparaissaient des souvenirs écartés, puis ils s'évanouissaient, redevenaient flous. Mais, à chaque instant, la tempête menaçait.

La soirée avançait, j'éprouvais une sorte de plénitude, de langueur à être là, avec lui.

Le Français aux yeux gris réveillait une envie d'être amoureuse, celle de ne plus faire qu'un avec un autre. Dans l'amour, la mort s'endort, pas longtemps, juste le temps d'un hors-temps.

L'intensité de votre silence me renvoie à de l'archaïque, à ma manière d'exister. Ce que je dis sur ce divan est étranger à ce que je dis ailleurs. Pourtant, les mots qui me viennent ont déjà servi.

Je voudrais parler une langue pure, n'ayant connu ni les trahisons ni les malheurs de la vie.

XXV

Seule ma tête émergeait de la mousse du bain trop chaud, empestant une odeur de produit artificiel. Mon corps se détendait malgré tout. Agréable sentiment de retour à l'enfance. Je me sentais apaisée.

Je savais pourtant qu'il fallait me garder du désir. Si j'avais toujours besoin de vivre avec un amour au fond du cœur, au fond du corps, au fond de l'âme, je savais aussi que l'amour est purifié par l'absence.

J'attendais une chose qui ne viendrait pas. Je me raccrochais à un regard gris, image dérisoire, support d'un désir refoulé.

Une image dominait ma pensée, ses yeux, gris.

Pourquoi le regard a-t-il pris tant de place dans ce voyage ?

Le silence de l'analyste, cette non-réponse aux questions, aux demandes, font écho à l'absence. C'est la non-réponse des statues muettes, la non réponse du père.

Mot après mot, je vous raconte mon histoire, mon voyage qui se confondent dans une mosaïque de regards différents. Je vais même plus loin.

Et vous, vous ne dites rien.

La dernière clarté s'était éteinte, le ciel était devenu nuit. Son absence avait rendu les mots étranges. Le ciel et la terre s'étaient confondus, les sentiments étaient devenus troublants, confus. En ouvrant la fenêtre, j'avais entendu l'appel à la prière, je ne comprenais pas les mots portés par la voix grave du muezzin, mais j'en comprenais l'émotion, la pureté. Puis, les bribes aiguës d'une chanson libanaise.

J'attendais, mais j'ignorais ce que j'attendais.

Quelquefois, un mot de vous éclaircit un ciel couvert de nuages.

XXVI

Comment mettre tout cela en mots ?

Il m'arrive de penser qu'il ne faut pas parler, pour ne pas se trahir.

J'ai des images magnifiques au fond des yeux, des paroles au bord des lèvres. Les seuls mots que je voudrais prononcer sont ceux de l'amour, du manque. Je retiens sans arrêt la passion.

Rien n'apaise le désir et surtout pas de savoir qu'il est irréalisable.

Tous les jours un peu plus, j'approchais la frontière qui sépare la réalité et l'infini.

Le temps n'avait plus de repères, j'étais aux extrémités du temps.

Ce flot de mots qui arrive parfois jusqu'à vous voudrait dissiper la brume derrière laquelle se cache encore ce que je ne sais pas vous dire.

XXVII

Je me livrais aux sensations d'Alep. Les sens ne cessaient d'être sollicités, des traces intérieures se ranimaient.

Je me persuadais que j'étais amoureuse de l'homme aux yeux gris. Amour nourri d'incertitudes, de frustrations. Mon désir s'exaspérait.

Je comprenais que je ne le laissais pas indifférent.

Il s'appelle Jean-Baptiste.

J'aime ce prénom. Dans la grande mosquée, au cœur du foyer de la spiritualité damascène, un retable contient la tête de saint Jean-Baptiste. Ici, on l'appelle Yahyah. Dans presque tous les souks du monde arabe, on trouve une tombe de saint. Dans la grande mosquée qui jouxte le souk d'Alep, les reliques de Zacharie, père de saint Jean-Baptiste, sont l'objet d'une grande vénération. Il est interdit d'offenser la paix d'un lieu consacré, il ne faut pas provoquer la punition divine. C'est pour cela que règne dans les souks un grand sentiment de sécurité. Chaque fois que je passais devant l'emplacement du tombeau, je caressais discrètement le mur vert qui l'abrite.

Un jour, comme je flânais dans les ruelles de Jdeidé, le quartier chrétien, Jean-Baptiste et moi nous sommes retrouvés par hasard, oui par hasard, face à face.

Nos yeux se sont rivés, nous étions attirés l'un vers l'autre. Jean-Baptiste dégageait une chaleur, une énergie calme, un intérêt, une force si intense, que j'ai cru, que j'ai espéré que nous allions nous souder l'un à l'autre, pour toujours.

Plus rien n'existait autour de nous, une intimité disproportionnée avec celle des rencontres précédentes s'était imposée. C'était un moment extrême, sans gestes, sans mots. Juste du regard et du corps.

État éphémère, extra-ordinaire, partagé.

Un de ses amis est arrivé, étonné. Il nous a parlé, nous a tiré de la brume dans laquelle nous nous enfoncions.

Lentement, nous avons retrouvé le monde, le monde réel.

J'ai repris mon chemin, assommée, avec les vers du poète Adonis sur les lèvres :

Quand je plonge mes yeux dans les tiens
je vois l'aube profonde
je vois l'hier ancien
je vois ce que j'ignore
et je sens que passe l'univers
entre tes yeux et moi

XXVIII

Un autre jour, nous nous étions retrouvés au *bîmâristân* Arghûn al-Kalîmî, un des plus fascinants sites d'Alep.

Jean-Baptiste avait proposé de me faire visiter cet ancien hôpital hanté par les fantômes des malades qu'il avait accueillis pendant des siècles.

J'étais entrée sans bruit dans l'enceinte du bâtiment. De la fenêtre de la première salle obscure, j'observais immobile cet homme dont je ne savais pas grand-chose. Il était assis sur la margelle du bassin de la cour centrale baignée de lumière. Il était juste assis, impassible, les yeux fixant l'eau. Derrière lui, des fleurs. Au fond de l'*iwan*, un gardien silencieux buvait du thé comme absent au monde.

Je me suis avancée à pas lents vers Jean-Baptiste, je me suis approchée et j'ai touché légèrement sa main. Nous regardions les colonnes aux chapiteaux austères. Des colombes blanches s'y étaient installées.

Nous sommes restés à écouter le bruissement de l'eau, à emplir nos yeux de lumière. Sa main est restée contre la mienne.

Longtemps.

En toile de fond, la proximité insaisissable de la folie. Ici, on soignait les aliénés avec le son de l'eau, avec la musique, l'harmonie de l'architecture. J'imaginais l'ombre grise des patients avancer, arpenter les lieux, frôler les murs, sans répit. Je croyais entendre leurs pas, le timbre de leur voix.

Je sais aujourd'hui qu'entrer dans un lieu où sont enfermés des fous, c'est se cogner à l'oubli, à l'absence, à l'ennui, à la solitude.

Jean-Baptiste m'a guidée dans un couloir haut, voûté et sombre qui débouche sur une autre cour, plus petite, moins lumineuse que la première. Autour du petit bassin, des cellules étroites, pourvues de barreaux ne protégeant plus que le vide. Seul, un triangle découpé dans la pierre grise laisse pénétrer le jour.

Une mémoire faite de violences cohabite avec la beauté du lieu.

C'est un bâtiment marqué de folie, d'égarement, d'élégance et d'harmonie. Quelque chose de l'histoire de la médecine et des idées s'éprouve encore.

Jean-Baptiste m'a raconté la légende de Majnûn et Laylâ, deux jeunes gens passionnément épris et dont l'amour fut impossible. Interdits de mariage puisque Laylâ doit épouser un homme qu'elle n'aime pas, ils sont désespérés. L'amoureux éconduit s'appelle Qays, il décide de chanter Laylâ, ce qui ne se fait pas, le mariage est affaire de tribu, à régler entre pères, il ne peut pas se chanter publiquement. Le père de Qays emmène son fils à la Mecque. Là-bas, une voix dans la nuit étoilée prononce le nom de Laylâ qui signifie « nuit ». Une autre voix l'avertit que le prix de sa rébellion sera la folie. Qays s'enfuit dans le désert, nu.

Peu à peu, Qays devient Majnûn, le fou.

Au comble du désespoir, il va mourir d'amour.

Comment savoir, Laylâ si je le sais un jour
Dans tous ces cheveux blancs qui couronnent ma tête,
Où sont ma part, ta part et celle de l'amour ?
On se répand sur toi en propos malhonnêtes,
Mais sait-on bien à qui, de qui, l'on parle ainsi ?
On dit que les amants, Umm Mälik, disparaissent,

Mais l'amour, en mon cœur, à jamais reste et vit.
Par ta grâce ô Seigneur, qu'une autre Laylâ naisse
Et que ses yeux me voient, ô mon rêve, éclairé
Des mêmes séductions dont tu me l'as parée !
Sinon, rends-moi les siens avec elle haïssables :
La connaître, ce fut mon malheur.
Ah ! pour une Laylâ n'importe qui se meurt,
Même si, comme moi, du chagrin implacable
L'on fait son habitude. Si l'on me laisse seul
Et sans la voir, vous n'aurez plus, ô mes amis,
Qu'à tenir prêts pour moi lit de mort et linceul,
Et demander à Dieu qu'Il me fasse merci.

XXIX

Jean-Baptiste est archéologue.

Comme vous.

Enfin presque. Vous travaillez tous deux sur des questions qui interrogent l'ailleurs, l'autrefois, l'oubli, l'héritage archaïque, les traces originaires, l'absence, le manque, le vide, la mort.

Vous interprétez le chaos, les conflits sauvages, vous mettez en lumière des paysages intérieurs, vous fréquentez les zones d'ombre. Vous fouillez, creusez, exhumez, interprétez, restaurez, vous vous glissez sous la surface du présent.

Je voudrais, avec vous, remonter le temps jusqu'à un sol vierge. Là où il n'y aurait plus de trace. Un endroit pur de mon histoire.

Fantasme de l'origine absolue ?

Le site archéologique ressemble à un espace psychique. Il faut entreprendre un travail de fouille, réparer ce qui s'est écroulé.

Jean-Baptiste tire de l'oubli des mondes ensevelis, remet au jour des sites recouverts de la poussière du temps.

Rien ne disparaît jamais totalement des civilisations, rien non plus des premières expériences de la vie psychique. Ce qui est enfoui demeure vraiment là, dans une trace flottante, comme un sens perdu.

Un jour, à l'occasion d'une fouille archéologique, d'une psychanalyse, on retrace l'histoire.

Mais toute mise au jour est aussi destruction. Fouiller, attaquer un site, c'est déranger un ordre. Faire une psychanalyse, c'est se remettre profondément en question, c'est bousculer beaucoup de choses…

XXX

J'ai beaucoup erré dans Alep. Prisonnière de la mélancolie et dans une incertitude éprouvante. Ce besoin de m'échapper sans fin, de me soustraire à la vie ordinaire devait avoir une fin. Cette ville n'était pas la mienne, je ne m'intéressais pas aux histoires politiques, je ne voyais que l'émoi. Je rencontrais Jean-Baptiste régulièrement, jamais je ne me dérobais à l'insistance de son regard. Il m'observait, je lui plaisais, mais rien de plus ne se produisait. Plus je le croisais, plus je voulais qu'il me parle, qu'il me touche. Il avait une vraie présence, une façon d'être au monde qui me donnait envie d'être dans le même monde que le sien, posé.

Plus il refermait son regard sur moi, moins il s'exprimait, plus il m'attirait. S'il était venu à moi, je serais vraisemblablement restée indifférente.

Cet homme ne s'offrait pas. Il était le support idéal de toutes les qualités, de toutes les beautés d'âme, de toutes les vertus, de tous les rêves.

Dans cette insistance muette, il me livrait au désir. Il tirait de moi quelque chose d'inconnu dont il ne faisait rien.

Un soir, il a avancé sa main vers moi, puis s'est arrêté brusquement. L'air était saturé d'odeurs poivrées, sensuelles. Ce soir-là, il y eut des silences impossibles à combler. On n'entendait que la voix d'Abbey Lincoln sur une cassette de mauvaise qualité, qui se mêlait à l'appel du muezzin du vendredi soir.

Son attitude m'a poussée à agir. Le matin, submergée d'amour, je l'avais appelé. Seule la voix métallique du répondeur... J'avais recommencé, puis recommencé… Je voulais lui parler, tout de suite, sans attendre.

La seule pensée qui m'est venue, pour sortir de cette attente sans but, a été celle de partir. En disparaissant, j'espérais devenir essentielle par mon absence.

J'étais en pleine confusion, j'avais envie de fuir, fuir la lourdeur, la tristesse.

J'aurais dû rentrer à Paris depuis longtemps.

Au crépuscule, je n'espérais plus rien. La nuit était tombée très vite, un souffle d'air avait porté une musique mélancolique qui m'avait fait pleurer.

La dernière nuit à Alep a été sans sommeil, je l'ai traversée avec l'impression de perdre la mémoire.

Je restais éveillée pour écouter l'émotion nue, venant par vague, comme les larmes. Les appels des muezzins déchiraient l'obscurité.

Quelque chose a été sollicité à son comble, quelque chose de déjà là, de l'étranger en moi, des bribes, des traces, des fragments de souvenirs qui ne résonnaient plus que dans le vide.

Du hors symbolique, comme vous diriez.

XXXI

Revenue du poids de la nuit, j'ai recouvré ma lucidité avec le jour. Je me suis résignée à partir d'Alep le soir, au moment où la lumière se fait incertaine. J'ai quitté cette ville de poussière, je me suis arrachée à la protection sensuelle de la citadelle.

J'attendais quelque chose qui ne venait pas.

Je n'étais pas certaine d'avoir raison de partir.

Je voulais éviter de revoir Jean-Baptiste, il prenait de plus en plus d'importance. Il avait créé un manque bien plus grand que ce qu'il représentait.

J'étais saturée de désir.

Des fragments d'espérances inconscients se sont incarnés en cet homme. Par images fulgurantes, il me revient. Ce que je me suis raconté ne correspond sans doute pas à ce qu'il est.

Maalech...

XXXII

La gare routière était noire de monde, des Syriens encombrés de sacs, de valises. J'ai trouvé un bus pas très neuf qui semblait aller à Damas. Tout le monde se préparait à partir. Les femmes ont été priées de monter d'abord, nous étions trois, les autres me regardaient discrètement. J'avais envie de pleurer, j'étais oppressée, je me cachais derrière des lunettes noires. Je voulais redescendre, mais pour quoi faire ? J'avais peur de mourir, je crois. Un jeune homme, genre steward, s'activait. Il sortait des verres en plastique, réglait un appareil d'où jaillissait une musique hurlante qui me transperça aussitôt les oreilles et le corps. Le moteur se mit à ronfler mais nous restions au même endroit, je pouvais encore redescendre. Des hommes criaient, s'empressaient et s'agitaient autour du véhicule. Puis le steward s'est emparé d'une bombe déodorante au citron qu'il a largement vaporisée, j'ai eu envie de vomir. Le chauffeur s'est installé, teint cuivré, moustache, keffieh, l'air sévère.

Au moment, juste au moment où les portes du car se sont fermées, où le chauffeur a passé la première vitesse, je l'ai vu. Jean-Baptiste était là, il venait de me repérer, d'avancer la main.

Nous sommes partis dans un bruit effrayant.

Jusqu'à la tombée de la nuit, à travers la vitre, j'ai vu défiler les pierres grises, posées sur la terre rouge, à la frontière entre la réalité et l'infini. Je cherchais dans cette errance intérieure quelque chose qui fasse lien avec mon histoire. Cette nuit-là, la part morte en moi était omniprésente.

Le paysage était d'une uniformité absolue. Monotone traversée sur fond de nuit étoilée.

Le car roulait trop vite, une cassette vidéo bruyante avait remplacé les chansons de Georges Wassouf, elle passait un feuilleton égyptien.

Le voyage n'en finissait pas, la vitesse me faisait peur. Ballottés par les ornières, nous dépassions des camions colorés de petites lumières, dans des nuages de poussière. J'avais la nausée.

Nous nous sommes enfin arrêtés à Hama, la ville des norias, une étape obligatoire. Tout le monde est descendu. C'était un endroit étrange, trop éclairé. Les néons nous donnaient encore plus mauvaise mine. Les traits tirés, des cernes violets sous les yeux, blême, je me suis croisée dans le miroir des toilettes, je ne savais plus qui j'étais.

Il n'y a pas eu d'autres étapes.

Le voyage a duré toute une partie de la nuit encore. Régulièrement, le bus s'essoufflait. Deux fois, il a dû s'arrêter sur le bas-côté, sans garantie de pouvoir repartir. Les voyageurs attendaient sans nervosité.

Pas moi.

XXXIII

Cinq fois par jour, le pays est traversé par la voix du muezzin. Cet appel vient franchir des frontières intimes, des limites que je ne savais pas exister. Le Moyen-Orient est une épreuve métaphysique. Quelque chose en Syrie a été sollicité à l'excès.

Des souvenirs émergent depuis que je viens vous parler. L'empreinte de ce qui est retenu, très loin, revient quelquefois avec un sens inattendu.

La Syrie, non, je voulais dire la psychanalyse, est un voyage vers un espace oublié, vers un temps perdu que je retrouve étrangement sur ce divan.

XXXIV

Votre silence est disponible.
Mais les mots ne suffisent pas.

XXXV

Aux premières lueurs de l'aube, nous avions atteint Damas. Je suis allée poser mes valises dans un hôtel et me laver des poussières de la nuit, des pensées mélancoliques. J'avais du temps, mon avion pour Paris ne décollait que la nuit prochaine.

Débarrassée du poids de mes bagages, presque légère, j'essayais d'entendre la ville au-delà du vacarme des voitures, de la foule bruyante. J'essayais d'oublier le béton, les odeurs de la circulation, pour découvrir le cœur du vieux Damas.

Là aussi, le temps se mesure différemment. Partout, le récit des origines est là, prêt à être lu. Le présent semble en marge du temps. Damas se dispute avec Alep le titre de ville la plus ancienne du monde. Je me sentais comme infidèle à Alep en pressentant que j'aimerais aussi cette ville, si j'y restais.

On dit que Damas est un halo de lune sur la terre, un calice au milieu des fleurs. Mahomet aurait refusé d'entrer dans Damas, ne voulant pas entrer deux fois au paradis.

Les murs de pierres, les pancartes chargées d'écriture ronde et sensuelle servent de décors aux passants habillés de toutes les couleurs, venant de partout. Foulards, keffiehs aux petits carreaux noirs ou rouges, turbans, robes brodées, voiles noirs...

Je me rendais à pied vers le musée archéologique.

En passant par le souk Hamidiyeh l'odeur puissante des épices, des tissus, des parfums, le brouhaha de la foule matinale me faisaient tourner la tête.

Déjà.

Le temps s'écoule là, plus inexorablement qu'ailleurs, le temps avec ce qu'il porte de vie, de mort, d'irréversibilité. Partout je voyais l'usure du temps. Cette ville ouvrait sur autre chose. D'où qu'il vienne, le voyageur n'y rencontre pas seulement l'histoire du monde, mais encore sa propre histoire.

XXXVI

Vous, vous ne me regardez pas.

Avec vous, j'invente une autre rencontre. Je peux vous parler avec la plus intime liberté. Je peux, j'essaie, de me défaire de ce passé construit de regrets, d'espoir, de fantômes, d'ombres, de langage, de mirages. Je peux ramasser les idées, les images, les pensées pour trouver quelque chose qui m'appartienne, quelque chose de vrai.

La psychanalyse est un voyage émotionnel d'une grande étrangeté.

L'exotisme, le dépaysement palpable me fascinaient et me faisaient peur. Mais, cette attirance n'était pas faite que d'exotisme, elle n'était pas une curiosité éphémère.

Dans les rues de Damas, je n'étais pas tout à fait présente, pas tout à fait absente, j'étais livrée aux seules ressources de ma pensée épuisée.

Avant d'aller au musée, je suis passée par la rue Droite, associée au nom de Saül de Tarse, Saint-Paul. Trois ans après la mort du Christ, saint Paul avait eu pour mission d'arrêter et de persécuter les chrétiens, ces nouveaux croyants. Ce jour-là, la lumière semblait portée par la poussière, elle entourait Saül, elle voltigeait, elle aveuglait. Elle aveuglait, mais elle révélait aussi, par l'évidence, celle-là même qu'il était venu combattre.

Les odeurs de la ville, la fatigue extrême du voyage, l'épuisement psychique, m'entraînaient à être en empathie avec ce Saül arrivant de Jérusalem, foudroyé par un éblouissement céleste qui le jette à bas de son cheval.

Une voix lui parle, il est frappé de cécité.

Pendant trois jours.

De persécuteur, il devient apôtre, illuminé de Jésus-Christ. Lui, il l'a trouvé, son « chemin de Damas »…

Je le voyais presque devant moi. Dans ce pays mon regard allait bien au-delà du visible.

Tout, tout était en place pour que ça se passe mal.

XXXVII

Parler aujourd'hui est impérieux.

Je sais que vous entendez plus que je dis.

J'ai trop voulu garder les mots. J'ai trop voulu les condamner à devenir confusion, douleur. Vous m'avez dit, un jour, qu'il fallait produire du sens pour échapper à l'engloutissement du manque.

Mais, vous parler est un risque. Pourtant, aujourd'hui, je peux commencer à dévoiler ces espaces refoulés et renoncer à taire l'épisode qui m'a égarée. Son oubli n'était pas accidentel, ni volontaire, mais il s'était perdu, effacé. Il avait disparu.

Et puis, quel autre moyen que la psychanalyse pour cerner l'insaisissable, l'indicible ?

La pensée poursuit son chemin, les mots se font de plus en plus figuratifs.

Ce matin, une lettre est venue du fond de l'absence, une lettre postée d'Alep.

Elle commence comme ça : *Ce que l'on désire ne peut être dit...*

Pourtant l'homme aux yeux gris dit, enfin. Il dit qu'il vient, qu'il vient me voir, me serrer contre lui. Il sait comment s'est passé mon retour de Syrie.

Je me sens bien.

Peut-être ma mémoire l'invente-t-elle, mais je sais aussi maintenant ce qui s'est passé. L'analyse est un voyage intime, ultime ? C'est un voyage insolite, où la passion, les silences, les sanglots, la rage me ramènent vers cette région de l'inconscient que je voulais fuir. Le paysage intérieur s'éclaircit.

Et cette lettre qui ressuscite l'amour me permet de me souvenir de ce jour, au musée de Damas…

XXXVIII

C'était comme un rendez-vous, tragique.

Toutes les blessures sont là, à chaque phrase que je prononce. Mais je ne veux plus lutter contre la part d'ombre qui m'a mise en suspens.

Ce jour-là, toute ma mémoire s'est effondrée.

XXXIX

Le musée de Damas m'attirait, m'intimidait.

Dès le moment où je suis entrée dans le jardin habité de stèles et de sculptures figées dans leur solennité, une angoisse diffuse m'a envahie. Il était tôt, c'était juste à l'ouverture et pourtant il faisait déjà très chaud. Une fois passée la porte, une reconstruction de l'entrée d'un palais omeyyade du désert de la Palmyrène, entre les murs du musée presque vide, l'odeur douceâtre de renfermé et de poussière m'a donné mal au cœur. La lumière incertaine, l'ambiance austère me troublaient.

La chaleur, la beauté, la fatigue, la solitude, le poids de l'histoire du monde, tout débordait des cadres habituels. Le musée conserve, comme nous conservons en nous, des rappels, des mémoires interdites, échouées quelque part dans l'ombre.

Je prenais dans les yeux, sans distinction, les statues, les sceaux, les bijoux, les armes, les poteries, les tableaux, les pierres, les masques, les tissages, les mosaïques, les verres, les monnaies, les manuscrits. Ces objets venus de partout, d'Ebla, d'Alep, d'Ugarit, de Mari, de Palmyre, de Doura Europos, de Bosra, de Chahba, Deir ez-Zor… Un passé tissé de morceaux d'espoirs, de lumière, de langages, d'ombres, de morts. Les siècles passaient dans un remous du temps. Un désir inaccessible, inaccompli me poussait à errer dans les salles du musée. Paris me semblait loin, comme une ville perdue.

Dans le département des antiquités orientales, dans une vitrine un peu grise, repose une petite tablette de forme allongée, couverte de signes singuliers. L'étiquette jaunie, écrite en arabe et en français, indique qu'il s'agit d'une pièce capitale. Ce petit morceau de glaise ocre est l'abécédaire d'Ugarit. Saisissant. J'aurais voulu faire parler les briques et les plaquettes d'argile serrées de signes en forme de clous et de coins.

Le musée était flou, comme un espace confus, un champ infini, égaré dans un monde déserté.

Plus le temps passait, -mais passait-il ?-, plus j'étouffais entre ces murs. C'était un décor d'un autre âge, désuet et terrible. Vitrines poussiéreuses, sièges fatigués, lumière un peu glauque.

À trop déchiffrer les étiquettes, on ne voit plus rien.

J'aurais pu m'asseoir simplement. Il aurait fallu me poser, souffler, reconstruire les émotions qui se pressaient, les immobiliser dans le temps pour les comprendre. Il aurait fallu les placer dans l'histoire, les intégrer. Peut-être aurait-il fallu seulement ouvrir mon guide à la page du Musée national de Damas et mettre des mots sur les pièces exhumées.

Pourtant la seule chose qui m'étonnait, c'était de respirer encore.

J'avais l'impression de me perdre dans les détails du musée plutôt que d'en avoir une vision d'ensemble.

Je m'enfonçais dans le temps.

Quelque chose d'étouffé depuis longtemps qui battait de manière sourde venait de se réveiller, quelque chose de très opaque, d'abandonné et de négligé.

On s'arrête pour aujourd'hui ?

Je ne sais plus les mots, ni les miens ni les autres.

XXXX

À l'entrée de la salle de Mari, se dressait devant moi, immobile et sombre le sévère Hadad-Yis'i, noire représentation d'un orant du royaume araméen de Guzana. Les yeux creux, les mains jointes, les pieds bien posés sur la pierre qui le soutient, il m'a semblé immense. J'étais troublée.

C'est dans cet état que je me suis retrouvée dans la pièce de Mari. J'avais repéré sur une carte où se trouvait la cité et je me rappelais que Jean-Baptiste avait fouillé ce site. Une ville en forme de cercle, entre deux méandres de l'Euphrate, déterrée après quatre mille ans d'ensevelissement.

Il avait longuement parlé de ces statues aux grands yeux ourlés de noir. Les habitants de Mari avaient l'habitude d'offrir aux divinités des statuettes que les prêtres plaçaient sur des banquettes en offrande visible et permanente. Ces sculptures représentaient des hommes et des femmes dans l'attitude de la prière ou du respect. Prières perpétuelles, proférées jour et nuit, pour toujours.

L'impression était insolite, je sentais la fatigue du corps, mais surtout celle de l'âme.

Dans cette salle, tous mes repères s'effondraient. Je subissais une émotion artistique sans savoir l'élaborer, sans pouvoir la sublimer. Le lieu stimulait un héritage imaginaire, comme dans un rêve. Je l'inventais comme un souvenir, alors que je ne l'avais jamais vu. J'étais entre mélancolie et nausée, traversée par une sensibilité abstraite que je repoussais. C'était une expérience que j'étais incapable de qualifier.

Cette salle des antiquités orientales de Mari était peuplée de statues.

Il y avait des rois de Mari : Lamgi-Mari, en pierre blanche, debout, un pied en avant, Iku-Shamagan, à la barbe ondulée, Shibum, et de nombreux orants mains jointes contre leur poitrine. J'avais la conviction de retrouver des parents archaïques.

Au bout d'un moment, je ne voyais plus que leurs yeux. J'étais traversée par leur regard, dans un effet de totale sidération.

XXXXI

Plus les minutes, les heures peut-être, passaient, plus le musée devenait un champ de formes abstraites. Les siècles valsaient.

J'étais figée devant la sculpture d'un personnage incertain, assis.

Je regardais la statue, elle ne me regardait pas.

Dans ce face-à-face, je passais une frontière.

L'au-delà devenait réel. Mais au-delà de quoi ?

De la raison.

Elle était immobilisée dans le temps, chargée d'éternité. Elle masquait un autre monde, elle en était le dernier rempart.

Elle représentait une figure de l'immortalité dressée à la face du caractère inexorable de la mort. La statue, dans ce que l'art a d'impérissable, était une victoire sur la mort.

J'étais passée dans l'envers du monde. Plus je restais dans ce pays, moins la réalité m'importait, plus j'étais dans le fantasme. À cet instant, la tension entre l'intime et l'étranger s'exaspérait.

J'avais affaire à des questions archaïques qui me débordaient.

Le haut de mon corps a commencé à chanceler, mes yeux à se troubler, mes pensées à trembler.

Les yeux cernés de bitume de la sculpture représentaient une énigme. Le questionnement devenait insupportable. Ce qui se tapissait derrière elle était invisible, mais bien présent. La statue ouvrait un vide que je ne pouvais fuir. Sa présence était plus que je ne pouvais supporter, elle ouvrait une faille. Toute pensée était mise en échec.

L'épreuve devenait de plus en plus insoutenable et effroyable.

Le regard ne suffisait plus à ce qu'il voyait. Les yeux de la statue se dirigeaient vers un ailleurs que je ne pouvais pas nommer. Elle posait une question à laquelle il n'y avait pas de réponse. C'était quelque chose de trop beau, trop fort qui débordait tous les cadres. Quelque chose qui allait au-delà de l'art, de l'histoire, de la culture, de la raison. J'étais dans l'empathie la plus totale avec la statue, dans une soif de sublime, d'absolu. Elle ouvrait une faille.

Je ne maîtrisais plus rien, j'étais échappée, dépossédée de moi-même.

Excès de beauté, d'étrangeté. Tout cela était plus fort que ce que je pouvais supporter.

Le dessaisissement suscité par la statue m'arrachait à ce que j'étais. Je devenais sans appartenance. Sa présence massive étrangement me tirait vers une absence infinie.

Quelle perte irréparable était en question ? Quel ancien malheur était réveillé ?

Mon cœur battait face à l'inconnu des sensations.

Aucun mot, aucun mot ne venait.

Dans la violence de l'émoi quelque chose était incommunicable.

Un mot se présente : cataclysme.

J'ai longuement attendu, hors de moi, sans savoir ce que j'attendais.

Je n'entendais plus les gens autour de moi, je plongeais dans un état d'anxiété paroxystique. Je prononçais des mots muets.

Un groupe de touristes est passé près de moi. Ils semblaient frappés par les excès de mon attitude, ils se regardaient inquiets.

XXXXII

Vous avez dit que la psychanalyse ne s'intéressait pas à la réalité, à la vérité de ce qui se dit, mais à ce qui s'y révèle.

Qu'est-ce qui a excédé mon regard ? Qu'a-t-il vu ? Qu'évoquait-il ?

Aucune phrase ne pouvait maîtriser ce qui arrivait par vague. J'ai basculé dans ce que voyais, le regard n'avait plus de limite. Il était passé dans le lointain, bien au-delà du visible, bien au-delà de la jouissance esthétique. Il était allé voir là où il n'y a pas de mot. Des yeux qui voient l'ailleurs et en oublient la vision. C'était trop fort à voir.

J'ai lu une phrase : *Là où échoue la parole, apparaît la jouissance.* La jouissance dans ce qu'elle a de terrible, pas celle du plaisir organique.

La statue était le dernier rempart devant un autre monde.

Je suis passée de l'autre côté de l'écran de la beauté qui protège de l'angoisse de mort. Momentanément, j'ai totalement désinvesti le monde de la réalité. Ma pensée délestée de ses lieux et de ses objets familiers n'avait plus d'ancrage. J'étais menacée d'anéantissement.

Comment plonger dans les racines du monde puis en sortir indemne ?

À un moment, tout a basculé. Les mots s'effaçaient, je m'approchais de l'insaisissable. Je voulais désespérément retenir l'infini.

Je ne pouvais plus, marcher, ni parler, c'était une tempête d'émotions, un surgissement de choses non résolues.

Dévastée par une œuvre d'art.

J'étais à la fois dans la statue et exclue d'elle.

XXXXIII

Mettre en mots ce chaos qui m'a laissée sans voix...

La violence de ce qui m'est arrivé me ramène à une mémoire d'avant la mémoire, à la source du regard.

L'irruption de la statue a réveillé, par une lumière trop forte, quelque chose d'éteint. Elle a ouvert une blessure qui noue la vie, la mort, l'amour, sans trêve.

Je sentais bien qu'il y avait deux regards. Celui de l'orant et un autre, auquel il faisait écho. Je ne comprenais pas le trouble violent auquel me renvoyaient ces yeux. Ils me disaient une pensée dans une parole oubliée. J'étais habitée d'une autre langue que celle que je parle. Je n'avais aucune traduction.

Une empreinte hantait ma vision.

Je n'étais plus que celle qui voit, celle qui voit sans merci. Rien d'autre.

XXXXIV

Maintenant, je sais mettre des mots sur la statue.

Il faut mettre des mots sur la statue.

Elle s'appelle Ur-Nina, *La Grande Chanteuse*. Elle est assise sur un coussin rond, épais. Elle a été trouvée dans le temple d'Ishtarat en 1953 et elle est vouée à Ninna-Zaza.

Non, la statue s'appelle Ur-Nanshé, c'est un chanteur…

Le sexe a été contesté, je crois qu'il l'est encore.

Est-ce une des raisons de ma décompensation ? De quel sexe est ce singulier personnage ?

Je vais dire : elle, la statue.

Elle incarne l'unité entre l'intemporel et l'humain, elle convoque une présence.

Elle possède un charme aristocratique incontestable. Habillée d'une robe-pantalon, les mains jointes, les yeux tournés vers le ciel, vers un espace, vers un ailleurs dont je ne pouvais rien savoir. Ses yeux sont incrustés de coquille en lapis-lazuli, enchâssés sur fond de bitume. Ses sourcils ont la forme d'accents circonflexes. Sa tête est intacte, les lèvres minces, relevées dans un sourire assez énigmatique, le menton retroussé. Ses cheveux tombent bas dans le dos et se transforment en bouclettes. Ils sont séparés par une raie au milieu. Un genre d'accroche-cœur s'échappe des oreilles fines et bien dessinées. L'épaule droite est cassée, il lui manque le coude gauche et les mains. Elle est assise en tailleur, les jambes croisées. Ses pieds sont restés dans la poussière de Mari. Sa robe en kaunakés épouse la forme de ses jambes.

Dédiée à un dieu perdu, elle incarne toute une civilisation.

Elle fut taillée par un artiste dont on ne sait rien. Sa mission est d'éterniser la prière de celui qui l'a déposée dans le temple.Muette, écrasante, dans un silence éternel, elle ne me regardait pas.

XXXXV

Comment croire au temps en Syrie ?

Aujourd'hui, avec le recul, je retrouve le déroulement de ce qui s'est passé. Les morceaux de ma mémoire se heurtent, s'inversent, se mêlent. J'ai été transportée dans un hôpital, italien je crois. On ne savait que faire de moi. J'étais hébétée. Sans doute, le consulat français a été prévenu. Une jeune femme est venue me chercher, elle rentrait à Paris en prenant le risque de m'emmener avec elle. Elle s'est occupée des formalités de retour. Elle avait la présence bavarde. Abrutie de médicaments, je ne disais rien. Lassée, elle m'a abandonnée à Roissy, pensant sans doute en avoir fait suffisamment.

Je me suis retrouvée à l'hôpital psychiatrique.

XXXXVI

Ce matin, j'ai enfin débouclé mes valises.

J'ai retrouvé des tissus de soie, du café à la cardamome, du savon au laurier, des vestes brodées de coquillages et de miroirs, de la cannelle, des brocarts, des nappes colorées, des petites boîtes incrustées de nacre ou d'ivoire, du safran, des amandes, des chansons d'Oum Khalsoum, des boutons de roses séchés, des abricots, des bols de cuivre ciselé, des perles de verre, des tissus gaufrés d'arabesques. J'avais aussi acheté des chaussures dorées, des bracelets en argent, un porte-bonheur en cuivre orné de perles en plastique coloré, des foulards, une lampe. Au fond, un kilim plié.

XXXXVII

Quelque chose se dévoile, s'allège. Je me retrouve, me rassemble, me ressemble.

Ur-Ninna me rappelait cette femme du groupe de touristes avec laquelle j'étais partie. Elle évoquait un personnage maternel archaïque, pas ma mère, une mère bien au-delà de la mère. Elle me renvoyait à un monde informe.

XXXXVIII

C'est au Louvre, dans les salles des Antiquités du Moyen-Orient que quelque chose s'est éclairci. Face aux yeux cernés de bitume de l'Intendant d'Ebih Il, face au regard du lion de Mari, aucune pensée n'échappait plus à une histoire ressassée que je ne savais plus savoir. Les lieux de mon enfance que je pensais oubliés me rejoignaient à travers ces regards.

Je portais le poids d'une histoire qui m'accompagnait depuis toujours sans que je puisse la dire. Je suis née dans une famille où il n'y avait pas d'enfant. J'étais l'enfant unique de six personnes, six paire d'yeux posés sur moi. Tous les désirs portés sur moi. En Orient, j'ai voulu trouver une distance, me dégager de la culpabilité, celle de ne pas réparer les frustrations, les envies inassouvies de chacun. Au début du voyage, le groupe de touristes m'a fait peur. J'y ai été touchée par d'étranges échos familiaux. J'ai retrouvé l'obligation inconsciente de tenir une place, je n'étais plus libre d'être moi, mais contrainte de porter le malheur des autres et éventuellement de le réparer. Finalement, le regard des statues de Mari a déclenché une angoisse insoutenable.

Aujourd'hui, je retourne à l'hôpital psychiatrique, pour un pèlerinage incertain. Tout est calme, la lumière dans le parc est douce, elle embellit les statues. Un homme avance entre les arbres centenaires, il poursuit un chemin lisible de lui seul, il frappe le vide, touche le vent, marche lentement. Il s'adresse à Dieu ou à un oiseau, ou à personne. D'autres silhouettes évanescentes dérivent en silence, un secret dans l'âme, enfoncés dans une détresse ressassée, attentifs à leurs rêves, à leurs cauchemars. Blessés, ils portent l'orage d'une vie qui n'est plus qu'en marge du présent.

L'histoire des hommes prend parfois des chemins sombres. Comme à Alep, à l'hôpital psychiatrique le temps a le rôle principal. À rester longtemps à marcher, à regarder, on ne sait plus rien du temps, on est libéré du temps.

Quelque chose s'est arrêté à Alep, m'a arrêtée et m'a obligée à revenir en arrière.

XXXXIX

Cette analyse ne me mène pas vers la plénitude, elle ne me délivre pas de mon histoire, il me faut encore m'interroger. Je me sens comme un combattant ayant survécu à une guerre. Je ne l'ai pas vraiment gagnée, je suis comme assommée, un peu abattue, un peu sombre. Je suis passée du confus à quelque chose de plus lumineux. Une part en moi restait disponible, elle a été réveillée. Brutalement…

Maintenant, le lointain de ce pays est au plus près de moi, et je deviens lointaine à ce que je croyais être.

À l'école, déjà, j'étais une étrangère, je cultivais un goût pour les mondes à part. J'aimais me tenir en retrait, un peu dans la marge. Je n'ai jamais pu me couler dans un moule. Ce voyage a été une expérience d'étrangeté qui a ravivé des failles refoulées. À travers cette épreuve de l'inconnu, des questions plus fortes que leurs réponses se sont posées, elles m'ont renvoyée au plus intime, au plus obscur. J'ai été violemment rejetée dans la plus extrême fragilité. L'effroi a été bénéfique, la blessure m'a mise au travail. C'est l'insupportable qui m'a rendu la parole.

Grâce à vous, grâce à moi, je suis allée un peu plus loin que moi-même. J'ai su mettre des mots sur le silence, j'ai l'espoir de respirer plus librement.

Il va falloir réconcilier cette part de folie avec la vie quotidienne. J'ai eu besoin de partir, j'ai trouvé l'ailleurs du voyage, celui de la rencontre, celui de la folie. Dans le mot ailleurs, il y a autre. Je sais aujourd'hui qu'il peut être juste à côté, peut-être même en soi.

Je voudrais atteindre à une sérénité détachée, résister aux émotions, ne plus me laisser traverser par l'autre. Avoir l'émotion sobre.

Demain, j'irai acheter un nouveau billet d'avion, je vais repartir et trouver à redire…

Ce que j'ai raconté ici ne se dit pas habituellement sur un divan. Mais, une analyse ne s'écrit pas, sans doute va-t-elle seulement commencer à la fin de ce texte.

Quand brille la lune, le plus malheureux n'est pas l'aveugle, mais le muet…

Proverbe…

Ecritures

Collection dirigée par Maguy Albet

Déjà parus

Luigi Aldino DE POLI, *Bel Golame*, 2006.
Manuel PEŇA MUŇOZ (trad. de l'espagnol (Chili) par Janine PHILIPPS et Renato PAVERI), *Sud magique*, 2006.
Maurice RIGUET, *Un fuyard ordinaire*, 2006.
Eric RODRIGUEZ, *Sur les chemins du Honduras et de Bora Bora*, 2006.
Elaine HASCOËT, *La fileuse de temps*, 2006.
Serge PAOLI, *L'astre dévoré,* 2006.
Janine CHIRPAZ, *La violence au cœur*, 2006.
Lucette MOULINE, *Sylvain ou le bois d'œuvre*, 2006
Paul ROBIN (†), *La guerre de mouvement*, 2006.
Jean-Marc GEIDEL, *Le voyage inachevé, une fantaisie sur Schubert*, 2006.
Léa BASILLE, *La chute de Josef Shapiro*, 2006.
AICHETOU, *L'Hymen des sables*, 2006.
Porfirio MAMANI MACEDO, *Avant de dormir*, 2006.
Philippe EURIN, *Le silence des étoiles,* 2006.
Gérard IMBERT, *Deo gracias. De père en fils (trilogie)*, 2005.
Gérard IMBERT, *Au nom du fils. De père en fils (trilogie)*, 2005.
Laurent BILLIA, *La sorcière et le caillou*, 2005.
Anne V. MÜNCH, *Expropriation*, 2005.
Bernard-Marie GARREAU, *Les Pages froides*, 2005.
Philippe HECART, *Une relation viennoise*, 2005.
Manuel PEŇA MUŇOZ, *Folie dorée*, 2005.
Jean-François RODE, *L'intruse. Fugue à trois voix*, 2005.
Vivienne VERMES et Anne MOUNIC, *Passages*, Poèmes et prose, édition bilingue, 2005.
Didier MILLOT, *Les images recouvertes*, 2005.
Fabrice BONARDI, *L'ombre au tableau*, 2005.
Cyrus SABAII, *La maison des pigeons*, 2005.
Lionel-Edouard MARTIN, *Jeanlou dans l'arbre*, 2005.
Bruno STREIFF, *Le piano de Beethoven*, 2005.
Max GUEDJ, *Le voyage de Vlad à Frisco ou la pluie*, 2005.
Daniel BERNARD, *Une Ile bien plus loin que le vent*, 2005.

Achevé d'imprimer par Corlet Numérique - 14110 Condé-sur-Noireau
N° d'Imprimeur : 33508 - Dépôt légal : septembre 2006 - *Imprimé en France*